L'ARRACHEUR

DE DENTS,

FOLIE-PARADE, EN UN ACTE, MÊLÉE DE COUPLETS,

PAR MM. CHARLES DU PEUTY ET FERDINAND DE VILLENEUVE,

REPRÉSENTÉE, POUR LA PREMIÈRE FOIS, À PARIS, SUR
LE THÉATRE DE LA GAÎTÉ, LE 2 JUILLET 1822.

PRIX 1 FRANC.

PARIS,

Chez POLLET, LIBRAIRE-EDITEUR DE PIÈCES DE THÉATRE,
RUE DU TEMPLE, N°. 36, VIS-A-VIS CELLE CHAPON.

1822

PERSONNAGES.   ACTEURS.

FANFAN ROSSIGNOLET, marchand
d'oiseaux sur le Quai de la Feraille. . M. PARENT.

GASPARD L'ESCAROLLE, marchand
de salade, normand. . . . . M. MERCIER.

L'AMADOU, marchand d'allumettes,
ami de Rossignolet. . . . . M. PLANÇON.

Mère CHICOREE, marchande de
café à 2 sous la tasse. . . . . . . Mme MITONNEAU.

FANCHONNETTE, laitière, sa fille. Mme ADOLPHE.

MUSCADE, escamoteur, parcourant
la province, neveu de mère Chicorée. M. BLANCHARD.

Ouvriers, Ouvrières, Badauds, Paysans.

La scène se passe à Paris, dans la Cité.

IMPRIMERIE DE HOCQUET.

L'ARRACHEUR

DE DENTS,

FOLIE-PARADE, EN UN ACTE, MÊLÉE DE COUPLETS,

Par MM. Charles du PEUTY et Ferdinand de VILLENEUVE,

REPRÉSENTÉE, POUR LA PREMIÈRE FOIS, A PARIS, SUR LE THÉATRE DE LA GAÎTÉ, LE 2 JUILLET 1822.

PRIX I FRANC.

PARIS,

Chez POLLET, LIBRAIRE-EDITEUR DE PIÈCES DE THEATRE, RUE DU TEMPLE, No. 36, VIS-A-VIS CELLE CHAPON.

1822

L'ARRACHEUR DE DENTS,

FOLIE-PARADE.

Le théâtre représente un carrefour.

SCÈNE PREMIÈRE

Mère CHICORÉE, Ouvriers, Ouvrières.

Au lever du rideau, mère Chicorée est assise auprès de sa boutique, au-dessus de laquelle est écrit :

MÈRE CHICORÉE, MARCHANDE DE CAFÉ A 2 SOUS LA TASSE.
Divers groupes de gens du peuple l'entourent.

MÈRE CHICORÉE.

Allons, mes petits enfans, faites-vous servir.

AIR : *du vaud. de madame Scarron.*

A deux sous, (*bis.*)
A deux sous la tasse ;
Vite, accourez tous,
Et qu' chacun ici prenne place.
A deux sous, (*bis.*) ·
A deux sous la tasse ;
Ça n' coût' que deux sous ;
Y en a pour tous : régalez-vous. (*bis.*)
UN OUVRIER.
Je veux un' tasse à la crême.
UN AUTRE.
J'en prendrons une à nous trois.
UNE OUVRIERE.
Donnez-moi-z-en deux du même ,
Mais pus sucré qu' l'autre fois.
UN OUVRIER.
J'ai trouvé vot' lait trop fade ;
UN AUTRE.
Et moi vot' café trop doux ;

4

UN AUTRE.

L' mien m'a rendu malade...

Mère CHICORÉE.

En faut pour tous les goûts.

Ensemble.

Mère CHICORÉE.

A deux sous, (*bis.*)
A deux sous la tasse, etc.

TOUS.

A deux sous, (*bis.*)
A deux sous la tasse ;
Vite accourons tous
Et qu' chacun ici prenne place.
A deux sous, (*bis.*)
A deux sous la tasse ;
Ça n' coût' que deux sous,
Y en a pour tous,
Régalons-nous. (*bis.*)

Mère CHICORÉE, *pendant qu'ils se sont mis à table.*

Allons... mon p'tit commerce n'va pas mal, et tous les matins ma fontaine se vide, et ma bourse se remplit : j'avons déjà mis d'côté d'quoi doter ma p'tite Fanchonnette... Aussi, avec son état de laitière, et la somme que je lui destine, j'dis qu'ça fera un parti conséquent. J'ai déjà j'té les yeux pour elle sur mon neveu Muscade, escamoteur distingué en province, très-expert dans l'art d'faire des tours et d'arracher les dents... Je n'l'ai jamais vu, mais j'suis sûre qu'il convient à ma fille sur tous les rapports.

AIR : *Contentons-nous*

On l' cit', dit-on, parmi les plus habiles,
Et, pour l'adress', c'est un homme étonnant ;
Dans les villages, dans les bourgs, dans les villes,
Drès le matin, on le voit travaillant ;
De d'puis long-temps, j' suis ben sûr' qu'il amasse
D' quoi vivre heureux ; aussi ça m'est prouvé :
Avec un homme qu' est toujours sur la place,
Ma fill' jamais ne s'ra sur le pavé.

(*Reprise du Chœur.*)

A deux sous, (*bis.*)

Ils sortent.

SCÈNE II.

Mère **CHICORÉE**, **FANCHONNETTE**, *arrivant avec un pot au lait sur sa tête.*

Ah ! te v'là, Fanchonnette ? eh ben, m'n'enfant, la vente a-t-elle été à c'matin.

FANCHONNETTE.

Oui, ma mère, dieu merci. Vous savez que j'n'manquons pas d'pratiques.

AIR : *de la Petite sœur.*

Drès qu' j'étal' pour vendre mon lait,
Autour de moi la foule abonde, (*bis.*)
Et, chaqu' matin, c'est sitôt fait,
Qu' je n' peux pas suffire à tout l' monde ; (*bis.*)
Et souvent maint ach'teur galant
Veut m' cajoler ; mais moi, je lui répête :
Comptez-moi d'abord votre argent,
Ensuite, vous m' conterez fleurette . . . ,
Et vous pourrez m' conter fleurette.

MÈRE CHICORÉE.

C'est ben, ma fille ! aussi, pour ta peine, je songe à te donner un mari.

FANCHONNETTE.

Oh ! j'y ons déjà songé avant vous.

MÈRE CHICORÉE.

Qu'est-ce à dire ?

FANCHONNETTE.

Vous savez ben, c'gros normand, l'marchand d'salade, qui m'fait la cour, Gaspard l'Escarolle...

MÈRE CHICORÉE.

Quoi ! malgré mes ordres, vous pensez encore à c'nigaud. Fi ! mamselle, la fille d'une marchande comme moi, aimer un homme de rien.

FANCHONNETTE.

AIR : *de la Sentinelle.*

Il m' semble pourtant que Gaspard nous vaut bien ;
De vot' état, n' faut pas tant faire parade...
MÈRE CHICORÉE.
Il est honnête, bon garçon, j'en convien :
Mais c' n'est jamais qu'un marchand de salade.

FANCHONNETTE.

D' mon cœur puisqu'il a triomphé,
Je n' dois pas fair' la mijaurée,
Car si vous vendez du café,   (*bis.*)
Gaspard vend de la chicorée.

Ainsi je n'vois pas pourquoi vous m'empêcheriez de l'aimer.

MÈRE CHICORÉE.

Eh ben ! c'est ça... si on les laissait faire, ça s'rait du joli. C'est comme vot' fanfan Rossignolet, ce marchand d'oiseaux sur le quai de la Féraille... un garçon qui n'a pas plus de tête qu'une linotte, et qu'est volage comme ses oiseaux. Vous seriez ben lotie avec un homme comme ça.

FANCHONNETTE.

Et qu'est-ce qui vous a dit que j'l'aimais, vot' Fanfan Rossignolet ? v'là-t-il pas un beau merle !

MÈRE CHICORÉE.

N'importe ! vous ne vous marierez ni avec vot' Gaspard L'escarolle, ni avec fanfan Rossignolet ; et vous n'épouserez jamais que vot' cousin Muscade, voilà l'homme qu'il vous faut.

FANCHONNETTE.

C'est possible ; mais je n'l'épouserai pas.

MÈRE CHICORÉE.

Vous l'épouserez ou vous direz pourquoi.

FANCHONNETTE.

Si je l'connaissais encore, mais je n'l'ai javais vu ni vous non plus.

MÈRE CHICORÉE.

Précisément, il m'écrit qu'il arrivera aujourd'hui... vous f'rez connaissance. Et j'entends et je prétends qu'il vous plaise.

FANCHONNETTE.

Pus souvent.

MÈRE CHICORÉE.

Allons, vous êtes une sotte... Taisez-vous, voilà l'heure où mon commerce est fini... Rentrez la boutique dans la maison... et surtout que je n'vous voye plus parler à vos deux mauvais sujets, ou vous aurez affaire à moi.

AIR : *Mon cœur à l'espoir s'abandonne.*

Ecoutez c' que vous dit vot' mère,
Car j' vous en avertis franch'ment,
Vous aurez beau dire et beau faire,
Vous n'épous'rez pas vot' Normand.
A-t-on vu s' mettre dans la tête
D'aimer un nigaud comme lui...

FANCHONNETTE.

Eh ! ben, ma mère, s'il est si bête,
Il devra faire un bon mari.

Ensemble.

mère CHICORÉE.

Ecoutez c' que vous dit vot' mère, etc.

FANCHONNETTE.

Ne vous mettez pas en colère,
Car je vous le dis franchement ;
Vous aurez beau dire et beau faire,
Il faudra qu' j'épouse mon Normand.

SCÈNE III.

FANCHONNETTE , *seule.*

(*Pendant la scène suivante, elle rentre la boutique de sa mère.*)

Oh ! mon dieu, oui, c'est décidé, si j'prends un mari, c'est l'Escarolle qui l'sera, et j'sens que j'l'aimerais toujours quand même ma mère voudrait m'forcer d'épouser mon cousin Muscade... Après tout, on peut être honnête et avoir une inclination.

AIR : *des Artistes par occasion.*

Avant qu' d'entrer en mariage,
Quand on a plus d'un amoureux,
En fillett' qu'est adroite et sage,
Y a moyen d' les garder tous deux :
Près d' chacun, f'sant la bonne apôtre,
Pour contenter ses deux amans,
On épous' l'un et l'on aim' l'autre...
Ça n'empèch' pas les sentimens.

(*On entend dans la coulisse crier :*) En voulez-vous d'la salade.

SCENE IV.

FANCHONNETTE, L'ESCAROLLE. *Il porte sur son dos une hotte pleine de salade et un petit panier à la main.*

L'ESCAROLLE, *en entrant.*

En voulez-vous d'la salade? (*d'un air niais.*) Bonjour, Fanchonnette.

FANCHONNETTE.

Bonjour, l'Escarolle.

L'ESCAROLLE.

Ta mère n'est-elle point là ?

FANCHONNETTE.

Non, mon garçon.

L'ESCAROLLE.

Oh ! bé, alors, j' vas déposer mon hotte et jaser un instant avec toi... aussi ben, j'avons queuqu'chose à t' dégoiser.

FANCHONNETTE.

Queuqu' c'est donc ?

L'ESCAROLLE, *après avoir déposé sa hotte et en avoir tiré une petite cage qu'il cache derrière son dos.*

C'est par rapport à c'te linotte qu' t'as reçue l'aut' jour de Fanfan Rossignolet, mon rival, j' l'avons entendue gazouiller à c' matin sur ta fenêtre, vois-tu? et ça m'a fendu l' cœur. Si jamais je l'attrappe celle-là, j' l'y ferai passer un quart d'heure qu'ell' n'en verra guère d'autre après ça va.

FANCHONNETTE.

N' vas-tu pas encore t'imaginer des bêtises? est-ce que j' pouvions l' refuser, moi, c't homme? d'ailleurs, pourquoi qu' t'es si jaloux.

L'ESCAROLLE.

Et pourquoi qu' t'es si jolie, toi?

FANCHONNETTE.

Qu' t'es donc bête! tu sais ben que j' t'aimerai toujours.

L'ESCAROLLE.

Vrai?... oh ! que c'est donc doux d'entendre ça ! eh ben, quien... j'ons voulu aussi t' faire mon cadeau.

(*Il lui donne la petite cage.*)

FANCHONNETTE.

Oh! l' joli petit serin !

L'ESCAROLLE.

J' l'avons acheté à ton intention.

AIR : *Ces Postillons.*

Pour te prouver ma flamm' toujours nouvelle,
J'avons voulu v'nir t'offrir à c' matin
Queuqu' chos' qui dût t' peindr' ton amant fidèle,
Et v'là pourquoi j'avons fait choix d'un s'rin ;
Accepte-le, ma petit' Fanchonnette,
Ça fait qu' comm' ça, quand je sr'ai loin de toi,
Je suis bé sûr qu'en regardant c'te bête,
Tu penseras à moi. (*bis.*)

FANCHONNETTE.

Est-ce que j'ons besoin de ça ?

L'ESCAROLLE.

Oh ! ben, alors, t'as pas affaire à un ingrat, va.

FANCHONNETTE.

C' qu'y a d' taquinant, c'est qu' ma mère vient de m' dire qu' mon cousin Muscade arrivait aujourd'hui.

L'ESCAROLLE.

Comment, all' veut donc toujours te marier à ce vilain joueur d' gobelets en plein vent ?

FANCHONNETTE.

Ah ! mon Dieu, j'en ai ben peur. All' dit comm' ça qu'il a un état, et qu' toi tu n'en as pas.

L'ESCAROLLE.

Pardine, v'là-t-il pas un biau métier d'avaler des muscades et d'arracher des dents !.. Il m' semble que j' sommes ben autant qu' lui, car enfin j' commence à m' fair' de bonnes pratiques, et d'puis que j' suis dans la salade, c'est qu' j'ai beaucoup de fournitures, tout d' même.

FANCHONNETTE.

Que veux-tu ; les parens, on ne peut pas leur faire entendre raison.

L'ESCAROLLE.

Eh ben, ça m'est égal ; qu'all' dise c' qu'all' voudra ; pour te posséder, l'Escarolle est décidé à tout... Et toi, Fanchonnette, l'es-tu ?

FANCHONNETTE.

Si je l' suis! je l' crois ben. Va , j' te jurons que j' n'aurai jamais d'aut' mari que toi.

GASPARD.

Ainsi, c'est une affaire baclée... Oh! oh! il m' semble déja que t'es Madame l'Escarolle.

FANCHONNETTE.

Air : *Amusez-vous , oui , oui , je vous conseille.*

Qu' j'allons avoir de plaisir en ménage !
GASPARD.
Mon Dieu, mon dieu, que je s'rons donc heureux!
FANCHONNETTE.
D' moi, mon mari s'ra toujours amoureux.
GASPARD.
Ma femm' s'ra toujours douce et sage
FANCHONNETTE.
Comm' j' nous aimerons !
GASPARD.
Comm' j' nous amus'rons !
Not' premier poupon
S'ra un gros garçon,
J' gage.
FANCHONNETTE.
Un' petit' fill', dis donc.
GASPARD.
Non , non , un gros garçon.
Ensemble.

FANCHONNETTE.
Tu verras, Gaspard, qu' c'est moi qu'aurai raison.
GASPARD.
J' te dis, Fanchonnette , qu' c'est moi qu'aurai raison. } *bis.*

Ils dansent sur la ritournelle.

2me. *Couplet.*

GASPARD.
J' veux bien t' céder , tant je suis bon apôtre.
FANCHONNETTE.
N'y aurait-il pas moyen d' nous mettr' d'accord ?
GASPARD.
Pour qu' t'aie raison , et pour que j' n'aie pas tort
Faudra que j' fassions l'un et l'autre.
FANCHONNETTE.
A son p'tit papa
L' garçon r'ssemblera.
GASPARD.
Comm' toi, la p'tit' fille
S'ra, j' croyons, bé gentille.

FANCHONNETTE.

Gaspard, touche-là.

GASPARD.

Fanchonnette, ça và !

Ensemble.

J'aurons un' p'tit' fill' et puis un gros garçon,
Et de c'le façon,
J'aurons tous deux raison. } *bis.*

(*Ils dansent de nouveau sur la ritournelle, et Gaspard tombe
aux genoux de Fanchonnette.*)

SCÈNE V.

Les Mêmes, ROSSIGNOLET, *il porte sur son dos une
grande volière à laquelle sont attachées beaucoup de petites
cages remplies d'oiseaux ; il voit l'Escarolle et dit en le pous-
sant et le faisant tomber sur le nez :*

ROSSIGNOLET.

Dis donc, méchant marchand d'pinpernelle, qu'est-ce
qui t'a permis d'aller sur mes brisées?

LESCAROLLE, *se relevant et moulinant.*

Veux-tu ben pas m'pousser, toi, méchant vendeur d'oiseaux sur l' quai d'la Ferraille !

ROSSIGNOLET.

Allons, n'mouline pas... t'es pas d'force.

LESCAROLLE.

Oh! oh! n'fais pas tant l'crâne, toi... quiens, prends
plutôt garde à ta marchandise, elle va s'envoler.

ROSSIGNOLET.

Paix, j'te dis ! ou si tu raisonnes, gare à toi !

FANCHONNETTE.

Eh ben, au fait, pourquoi pas ? qu'est-ce qu'il vous a
fait c'pauvre garçon.

ROSSIGNOLET.

C'qu'il m'a fait?.... elle me demande c'qu'il m'a fait...
quand j'le surprends à ses pieds !

FANCHONNETTE.

Ça n'vous r'garde pas. Je n'en veux pas de vous, moi,
vous l'savez ben, je vous l'ai assez répété.

ROSSIGNOLET.

Eh ben ! vous r'fusez vot' bonheur, vrai... car, voyez-vous, j'peux dire, sans m'vanter, que j'suis p't'être le jeune homme le plus sentimental du quai de la Féraille.

AIR : *Gusman ne connaît plus d'obstacle.*

D'amour pour vous, vrai, je succombe ;
De grace ayez pitié d' mes maux ,
Avec moi, ma petit' colombe,
Vous serez heureuse aux oiseaux ;
Vous méritez ben qu'on vous aime ,
Car je défi' qu'on puisse le nier ;
Divin' laitière, vous êt's la crême
De toutes les filles du quartier.   (*bis.*)

Ainsi j'vous conviens, vous m'convenez, et si ça vous convient, c'est une affaire convenue.

LESCAROLLE.

Quien, Fanchonnette, il m'fait d'la peine... donne-zy donc son paquet, qu'il s'en aille tout d'suite.

ROSSIGNOLET.

Mais tais-toi donc, ou j'te donne le coup d'pouce.

LESCAROLLE.

Oh! allez, marchez ; je n'vous crains point.

ROSSIGNOLET et LESCAROLLE.

AIR : *A demain.*

Oui, c'est moi, (*ter.*)
Qui seul dois devenir l'époux de Fanchonnette ,
Oui, c'est moi , (*ter.*)
C'est moi qui le serai, j' t'en donne ici ma foi.

LESCAROLLÉ.

Dans cette affair' là ,
Il nous faudra voir comme
Tout ça finira ,
Et qui d' nous l'emport'ra.

ROSSIGNOLET.

C' n'est pas toi sûr'ment ,
Je l' jur' foi d'honnête homme ;

LESCAROLLE.

Toi non plus, vraiment ,
Je l' jure foi d'Normand.

Ensemble.

ROSSIGNOLET , LESCAROLLE.

Oui, c'est moi, etc.

FANCHONNETTE.

Oui, c'est moi , (*4 fois.*)
Qui seul dois disposer d' la main de Fanchonnette ,
Oui, c'est moi, (*4 fois.*)
Qui seul' dois décider le quel aura ma foi.

SCÈNE V I.

Les Mêmes, Mère CHICORÉE.

MÈRE CHICORÉE.

Que veut dire tout ce tapage? (*à Fanchonnette*) Eh bien ! mamzelle, voilà donc comme vous exécutez mes ordres ? (*à Lescarolle et à Rossignolet.*) et vous, qu'est-ce que vous faites là tous les deux ? pourquoi c'te dispute ?

ROSSIGNOLET.

Vous n'vous douteriez jamais de c'que c'est, mère Chicorée.

LESCAROLLE.

N'croyez point c'qu'il va vous dire.

ROSSIGNOLET.

Imaginez-vous que n'igaud-là s'est mis dans la tête qu'il plaisait à Fanchonnette, et qu'il l'épouserait... Hein ! est-il bête ?

LESCAROLLE.

C'n'est point vrai ; c'est lui et non pas moi.

ROSSIGNOLET.

Faites-moi donc l'amitié de r'garder c'gaillard-là... hein ! est-il taillé pour faire un mari ?

LESCAROLLE.

Toi, ne t'vante pas tant, vois-tu... V'là-t-il pas un bel oiseau, vraiment ?

ROSSIGNOLET.

Ah çà ! considère moi donc... est-ce que t'as la berlue ? je m'en rapporte au jugement de madame... je lui crois assez d'goût pour rendre justice à ma supériorité incontestable. Allons, ma petit' maman, parlez franchement, j'sais qu'vous n'êtes pas farouche, car vrai, là, faut être juste ; j'dois dire qu'envers moi, j'n'ai jamais trouvé la mère Chicorée sauvage.

LESCAROLLE.

Choisissez-moi ; vous n'en aurez point de r'gret.

AIR *du Major Palmer.*

Dans mon commerc' j' suis honnête ;
A moi l'on peut se fier ;
Quoiqu' j'ayons l'air un peu bête,
J'ons l'esprit de mon métier ;
Je vous l' jurons sur mon âme ;
Quoiqu' peu rich' j'avons du bien,
Et, pour rendre heureus' not' femme,
Dieu sait qui' n' me manque rien.

ROSSIGNOLET, *à Fanchonnette.*

Des amans, je suis la perle ;
Partout on m' trouve beau garçon ;
Je suis aussi fin qu'un merle,
Et d' plus, gai comme un pinçon.
Je veux qu' ma voix vous enchante
Lorsque nous s'rons mariés,
Comme un rossignol je chante.

FANCHONNETTE.

T'nez, c'est comm' si vous chantiez.
Celui qu' j'aim', c'est Lescarolle,
Lui seul sera mon époux.
Je n' veux pas, sur ma parole,
Me mettre en cage avec vous.

Mère CHICORÉE, *les séparant.*

Quelle folie est la vôtre,
Il n' faut pas crier si fort ;
Vous n' l'aurez ni l'un ni l'autre,
Pour vous mettre tous d'accord.

(*A Fanchonnette.*) Allons, rentrez, mademoiselle ; et vous deux, que je n' vous r'trouve plus à roder autour d'ici.

LESCAROLLE, *reprenant sa hotte et son panier.*

Vous l' prenez sur c' ton-là, mère Chicorée ! eh ben, j' vous donnons not' parole d'honneur la plus sacrée que je ne remettrons pas les pieds ici, dà ! foi de Gaspard ! (*bas à Fanchonnette.*) Tiens-toi là, Fanchonnette, je r'viendrons tout à l'heure.. En voulez vous, de la salade ? (*Il montre le poing à Rossignolet, qui lui fait la grimace en grinçant les dents. Mère Chicorée les voit, et pousse l'Escarolle qui sort en criant de nouveau :*) En voulez-vous d' la salade ? d' la romaine, en voulez-vous ? *Fanchonnette rentre avec sa mère.*

SCENE VIII.

ROSSIGNOLET, *seul.*

Allons, ça n' va pas mal... la fille me ferme l'entrée d' son cœur.... la mère, cell' de sa maison.... si ce n'était qu' ça, encore! mais c'est que c'te méchante marchande de café me r'fuse crédit sous prétexte que je lui dois un mois de trois francs.. est-ce taquinant ? je suis victime à la fois de la faim et de la sensibilité ; et quand on a un cœur et un estomac comme le mien, c'est dur à digérer.... c'est dommage ; j'ai des dettes ; la jeun' personne à une dot...... et si j'avais pu obtenir sa main, ça m'aurait joliment r'mis sur mes pieds... a-t-on vu avoir plus d' guignon qu' moi!.. j' n'ai j'amais pu réussir à rien, et pourtant, j'ai essayé de tout.

AIR : Paris comme autrefois.

Longtemps on m' vit à la ronde,
Par un malheur peu commun,
Fair' tous les métiers du monde
Sans jamais en avoir un.
N'étant qu'un p'tit marmouzet,
J' conduisis l' cabriolet ;
Mais j'ai vu qu' j'avais trop d' mal,
C'était un métier d' cheval!
Fatigué d' vivre en esclave
Dans mon état d' palfrenier,
Je voulus me fair' rat de cave
Pour sortir de mon grenier.
Sur la corde, avec honneur,
J' figurai comme danseur ;
Je devins faiseur de tours,
Plus tard, je fis danser l'ours ;
J'ai joué la comédie,
Dans les théâtres bourgeois ;
A l'orgue de Barbarie
Longtemps j'ai mêlé ma voix,
J' fus grimacier, physicien,
Puis ensuite magicien ;
J'ai vu qu' dans c' dernier métier
N'y a pas besoin d'êtr' sorcier ;
J'ai dit la bonne aventure,
Et j'ai donné pour un sou
Tous les biens de la nature,
Et les trésors du Pérou ;
Chez Comte, on me vit encor
Faire l'Hercule du nord,
Et, quoique Parisien,
J' fus aussi jongleur Indien.
En montrant le chien, la laie,
Les singes ; l'âne savant,
Sur le quai de la Monnaie,
J'ai gagné beaucoup d'argent ;
Comm' Poliphage nouveau,
J'avalai, d'vant maints badauts,

Par la faim me trouvant pris,
Sabr's, épées, rats et souris.
Longtemps j'ai porté la hotte
Comme un simple crocheteur;
Mais me trouvant dans la crotte,
Je me suis fait décrotteur;
A cirer botte et soulier
N'y avait pas moyen d' briller;
Quittant la bross', les pinceaux,
J' pris mon vol dans les oiseaux.....
Enfin, l'on m' vit à la ronde,
Par un malheur peu commun,
Faire tous les métiers du monde
Sans jamais en avoir un. (*bis.*)

(*On entend chanter dans la coulisse et crier d' l'amadou d's alumettes.*) Ah! ah! j' crois j'entends mon ami L'amadou! j' le reconnais à sa romance accoutumée... C'est bon! lui qu'est philosophe, il va p't être me trouver z'un moyen pour m' tirer d' là.

SCÈNE VIII.

ROSSIGNOLET, LAMADOU.

LAMADOU, *arrivant avec un éventaire qu'il porte devant lui, et au-dessus duquel on lit :*

LAMADOU, MARCHAND D'ALLUMETTES EN GROS ET EN DÉTAIL.

(*Il crie.*) D' l'amadou d' z'alumettes!

ROSSIGNOLET.

Ah! c'est toi, L'amadou! t'arrives ben à propos, va.

LAMADOU.

Qu'est-ce que tu as donc?

ROSSIGNOLET.

C' que j'ai?.... (*Tâtant ses poches.*) J' n'ai rien.... et v'là précisément c' qui m' chiffonne.

LAMADOU.

C'est ben fait... t'as pas voulu écouter mes conseils, tu m'as envoyé promener quand j' te disais : Rossignolet, où c' que la vie que tu mènes peut te mener?

ROSSIGNOLET.

Oh! ben, Lamadou, si tu prends feu, alors...

LAMADOU.

Tu me traitais d'imbécille...

ROSSIGNOLET.

C'est juste.

LAMADOU.

Quand j' te disais qu' ta spéculation en chénevis et en millet n'était que d' la graine de niais.

ROSSIGNOLET.

Qu'veux tu?en me mettant dans les oiseaux, j'ai cru que les alouettes alaient me tomber toutes roties ; mais malheureusement mon commerce n' va qu' d'une aîle.. ce sont ces diables de chardonnerets, surtout, dans lesquels, je m' suis enfoncé!... je m' suis ben retiré un peu sur une partie d' linottes et de moineaux francs ; mais l' pinçon n'a pas donné du tout c't' année... j'y avais compté, et v'là où j' me suis trouvé pincé... enfin, c'est au point que m' voyant tout à fait plumé, tu sens ben que j'ai été obligé de r'mettre sur mon dos c' qui m' restait là d' cages, et d' prendre la clef des champs.

LAMADOU.

C'est ben fait, j' te dis ; c'est ben fait. Pourquoi qu' tu n'es pas resté dans la fabrique d' t'on père, z'à faire des cuirs avec lui? t'avais d' si z'heureuses dispositions pour ça dans l' tems.

ROSSIGNOLET.

Laisse-moi donc avec tes cuirs ; ça m' tannait !

LAMADOU.

Si t'avais seul'ment pour deux liards de philosophie, tu te serais fait une raison, regarde-moi ; si j'ai abandonné mon état ; cependant je n'ai qu'une maison de commerce ambulante... Marchand d'allumettes en gros et en détail.

ROSSIGNOLET.

Q'est-ce que tu m' chantes là ?.... toi, t'avais pas c' chien d'amour qui te trottait dans la tête.

LAMADOU.

Non, c'est l' chat... j' n'aime peut-être pas depuis dix-huit mois, mademoiselle Lanterne, la fille de l'allumeur de réverbères... Eh ben! je m' tais, et j' soupire.

AIR : *Toujours courant après ma belle*, (de maison à vendre.)

> Brûlant d' la flamm' la plus discrette,
> Sans espérer aucun retour,
> En fabricant chaque allumette,
> Je souffre et chante mon amour.

ROSSIGNOLET.

Tu souffres.... tu souffres.... c'est possible; mais il ne s'agit pas de toi pour le quart-d'heure; il faut absolument que tu me trouves un moyen de m' retirer d' la débine où c' que j' suis.

LAMADOU.

Est-ce tu n' veux plus de la petite Fanchonnette?

ROSSIGNOLET.

C' n'est pas ça du tout.... au contraire, on n' veut pas d' moi.

LAMADOU.

T'as donc un rival?

ROSSIGNOLET.

J'en ai même deux; y a d'abord Gaspard L'escarolle... celui là, il n' m'inquiète pas.... mais c'est un diable de cousin, un nommé Muscade, dit mâchoire, escamoteur dentiste qu'on attend à Paris d'un jour à l'autre... mais j'y pense... Oui, c'est ça.. j' pourrais ben en me déguisant, prendre son nom, et passer pour lui... v'là l' diable! c'est qu'il m' faudra un second... Mais toi, n' pourrais tu pas..

LAMADOU.

Qu'est-ce que tu dis là, Rossignolet?... et la morale!

ROSSIGNOLET.

Laisse donc, avec ta morale! j'te mets d' moitié dans la dot si nous réussissons.

LAMADOU.

Oh! ben, alors, j'accepte... mais n' crains-tu pas d'être reconnu?

ROSSIGNOLET.

Du tems qu' j'étais grimacier, tu sais comme je contrefaisais ma figure; d'ailleurs, je joue quelquefois la comédie... précisément; il me reste encore d' mes anciens états tout c' qui nous sera nécessaire.

LAMADOU.

Comme ça, t'es donc ben sûr d' passer pour le susdit Muscade, l'arracheur de dents?

ROSSIGNOLET.

Oh! n'y a rien d' si facile pour moi.

AIR *du Vaudeville de Fanchon.*

En venant sur c'te place,
J' veux qu' mon adress' surpasse
Tous les charlatans
De nôt' temps.
Ami, tu peux m'en croire :
J' saurai prouver par mes talens
Qu'il n' faut pas être mâchoire
Pour arracher des dents.

J'ai un habit d' paillasse qu'est fait à ta taille, et qui t'ira comme un gant. Moi, j'endosse le costume obligé, et j' suis sûr qu'avec une perruque, je jèterai d' la poudre aux yeux à tout l' monde. Allons, viens... suis-moi, Pylade.

AIR : *De la visite de Bedlam.*

Pour seconder not' projet,
Allons changer de costume ;
Et bientôt, je le présume,
Not' succès sera complet.
L'AMADOU.
D'échouer j'ai vraiment peur.
ROSSIGNOLET.
Quoiqu' la chanc' ne soit pas sûre,
J'espère à c't' escamoteur
Escamoter ma future.
Ensemble.
Pour seconder not' projet, etc.

SCÈNE X.

L'ESCAROLLE, *seul.*

V'là ces deux malins qui s'éloignont... j' crois que j' pouvons approcher... qu'est-ce qu'ils pouviont manigancer entre eux ? ils voulont p' t'êtr' chercher un moyen de m' souffler Fanchonnette... mais j' n' les craignons point.... j' suis sûr d'avoir son cœur, et c'est beaucoup, dà!... ça f'ra tout d' même une bé jolie p'tite femme !

AIR : *L'Amour ainsi qu' la nature.*

Si j' voulions tous les entendre,
Fanchonnette a l'âme trop tendre ;
Mais loin de blâmer c'te ardeur là,
Je n' voyons point d' mal à ça.

J' suis étonné qu'on m' soutienne
Qu' pour ell' , ça soit un défaut . . .
Un' fille c'est comme un' romaine ;
Pus l' cœur est tendre , mieux ça vaut.

C' que je r'doute le plus , c'est c' chien d' cousin qu'arrive aujourd'hui d' Pontoise. . . Oh! mon Dieu! qu'est-ce que j'aperçois ? est-ce que c' serait lui par hasard , qui vient de c' côté?. . . Si j' pouvions donc l'y pousser un' gausse pour l'éloigner d'ici!. . ça n' serait point si bête , ça. . . asseyons.

SCÈNE XI.

L'ESCAROLLE , MUSCADE en habit d'escamoteur.

MUSCADE , *sans voir l'Escarolle.*

AIR : *de Marianne.*

Longtemps , en qualité d'artiste ,
J'ai parcouru tout l'univers ,
Et comme escamoteur-dentiste ,
Brillé chez cent peuples divers ;
J' fus en Afrique ,
En Amérique ,
Chez les Chinois ,
Et les Cochinchinois ;
J'ai vu l'Espagne ;
J'ai vu l'All'magne ;
J' fus à Moscou ;
Je fus . . . je ne sais où :
Enfin , sur la terre et sur l'onde ,
A mon gré voyageant toujours ;
Tous les jours ,
En faisant des tours ,
J'ai fait le tour du monde. (*bis.*)

L'ESCAROLLE , *à part.*

Je n' me suis point trompé , c'est ben lui.

MUSCADE , *de même.*

Si j' m'oriente bien , c'est ici l'endroit zous qu'on m'a dit que d' meurait ma tante. (*Apercevant l'Escarolle.*) Dis donc, malin. . .

LESCAROLLE.

Qu'est' qu' vous voulez ?

MUSCADE.

N' pourrais-tu pas m'indiquer l' domicile d' la mère Chicorée , limonadière z'à prix fisque , qui doit rester sur c'te place ?

LESCAROLLE , *à part.*

Tâchons de l' fair' jaser. (*Haut.*) est c' que c'est vous par hazard qu'êtes l' parent qu'elle attend ?

MUSCADE.

Un peu , son n'veu.

LESCAROLLE.

Vous v'nez donc alors pour épouser sa fille ?

MUSCADE.

T'as d' viné , l'enflé.

LESCAROLLE , *à part.*

V'là tout c' que j' voulions savoir.

MUSCADE.

Mais comme ça n' te r'garde z'aucun'ment , enseigne-moi z'au plus vite le numéro de sa maison.

LESCAROLLE.

Oh ! c' n'est point ici.

MUSCADE.

Comment , point z'ici ?.. l' commissionnaire du coin m'a pourtant bien dit qu' c'était sur c'te place.

LESCAROLLE.

Elle y a bé d'meuré aussi... mais elle est déménagée.

MUSCADE.

Tu ne m'en imposes pas ?

LESCAROLLE.

Moi vous en imposer !.. ça n'est point , j'en lève la main.

MUSCADE.

Pourras-tu z'au moins m' dire oùsque je pourrais la trouver ?

LESCAROLLE.

C' n'est pas bé loin.... c' n'est qu' la dernière porte à main droite , au bout d' la rue Mouff'tard ; n'y a guère qu'une p'tite lieue d'ici.

MUSCADE.

J'y vais... mais si tu me fais z'aller j' te r'trouverai , z'et foi d' Muscade , gare à tes épaules !

LESCAROLLE.

Fiez-vous à moi... j' sommes la simplicité même.

Air : *Mon dieu quel homme, qu'il est petit..*

Adieu, je pars, mais souviens-toi
Que si tu m' dis une gasconnade,
Je te le jure, sur ma foi :
Bientôt t'auras affaire à moi.
Apprends, méchant marchand d' salade,
Que j' n'aim' pas les mauvais plaisants
Et que j' t'arrach'rais tout's les dents....

LESCAROLLE.

Allez, marchez... partez, Muscade !

Ensemble.

MUSCADE.

Adieu, je pars, etc.

LESCAROLLE.

Adieu, j' vous jure sur ma foi,
Que ce n'est point un' gasconnade ;
Vous n' vous r'pentirez pas, je croi,
D'avoir mis vot' confiance en moi.

SCÈNE XII.

LESCAROLLE, *seul.*

Bon ! en v'là un que j' craignons pus ..(*Regardant dans la coulisse.*) S'ensauve-t-il... s'en sauve-t-il..... J'y ons joliment fait gober, tout d' même...

Air : *Oup, oup, oup... prenez garde au loup* (du petit Chaperon.)

L's enfans d' la Normandie
Sont gosseux, à c' qu'on dit,
Et moi, de ma patrie
J'ons conservé l'esprit. : .
N' faut pas qu'un luron vienne,
Avec moi prendre un ton ;
J' sais bé rabattre son jargon ...
Car, quoiqu' Normand, morguenne,
J' sommes joliment Gascon.
Allez donc, marchez donc, pus qu' vous j' sis malin,
Allez donc, allez donc, marchez donc vout' train,
Allez, marchez vout' chemin,
Allez, marchez, marchez, marchez, marchez,
Marchez donc vout' train. *ter.*

On entend sonner de la trompette.

Eh ! mon dieu ! qu'euqu' c'est donc qu' ça.. v'là encore un autre Muscade avec un paillasse... qu'es ce que ça veut dire?

Il se cache.

SCÈNE XIII.

ROSSIGNOLET, *en habit d'escamoteur*, L'AMADOU, *en habit de paillasse*, LESCAROLLE, *caché*.

ROSSIGNOLET, *déguisant sa voix, à Lamaudou.*

Allons, paillasse, mon ami, sonnez de la trompette et commençons nos exercices.

LAMADOU, *de même.*

Oui, mon maître.

LESCAROLLE, *à part.*

Voyons c'qu'y vont faire.

L'amadou sonne de la trompette pendant que Rossignolet prépare une petite table sur laquelle il met des gobelets, des balles, des muscades; il plante ensuite, à côté de la table, une enseigne qui le représente arrachant une dent au Grand Mogol, et où sont écrit ces mots :

Muscade, dit Mâchoire, dentiste du Grand Mogol.

LAMADOU, *bas à Rossignolet.*

Dis donc, Rossignolet, ta salle de spectacle ne s'remplit pas souvent.

ROSSIGNOLET.

C'est égal, faisons plus d'tapage, et ça va venir. Tâchons en même tems d'nous faire entendre d'la mère Chicorée.

L'amadou recommence à sonner de la trompette, et Rossignolet frappe très-fort sur une grosse caisse suspendue au dos de Lamadou. Pendant ce tems-là, des badauds arrivent et se rangent en cercle. Lescarolle se mêle dans la foule.

SCÈNE XIV.

Les mêmes, Peuples, Badauds.

ROSSIGNOLET.

AIR : *du Petit Tambour.*

Accourez tous à l'instant :
Dans la minut' ça commence,
Chacun va trouver, je pense;
Qu' mon talent
Est surprenant.

J'escamotte, avec adresse,
Des fleurs, des bêt's, des enfans,
Et même, sans qu' ça paraisse,
Des demoisell's de quinze ans.
Enfin, pour prouver clair'ment
Que je n' vous dis pas d' bamboches,
J' prétends, jusque dans vos poches,
Escamoter votre argent.

Ensemble.

ROSSIGNOLET, L'AMADOU.
Accourez tous à l'instant, etc.

CHOEUR.
Accourons tous, à l'instant,
Dans la minut' ça commence,
Chacun va trouver, je pense,
Qu' son talent est surprenant.

ROSSIGNOLET.

Paillasse, mon ami, faites ranger la compagnie.

LAMADOU, *faisant le moulinet avec son bâton, et faisant*
ranger tout le monde en cercle.

Allons, gare!

ROSSIGNOLET.

Prenez vos places... ça n'coûte rien d'avance, et si
vous n'êtes pas contens et satisfaits, vous ne donnerez rien
en sortant. Messieurs et Dames, (*à un enfant qui s'avance.*)
un peu en arrière, là, jeune homme, s'il vous plaît...
J'entends déjà plusieurs personnes de l'aimable compagnie
former sur moi des conjectures, les paroles sont pour tout
le monde, et chacun dit la sienne : l'un dit : c'est un physicien, l'autre, c'est un sorcier. Non, messieurs : mais vous
n'ignorez pas avoir entendu parler d'un nommé L'Esprit, l'un
des premiers escamoteurs de Paris; eh bien! messieurs, cet
homme-là, ce n'est pas moi, je ne suis qu'un de ses apprentis,
et vous voyez devant vous, le fameux l'illustre, l'incom-
parable Mimi Rotomago, Muscade, dit Mâchoire, escamoteur, patenté, et dentiste du Grand Mogol. Je vais d'a-
bord mettre ma gibecière, autrement dit, le sac à la malice.
Voici le petit bâton de Jacob, une fois armé de ces deux
instrumens, vous pourrez mettre vos lunettes, et ouvrir
les yeux comme des portes cochères, vous n'y verrez pas
plus clair qu'un habitant des Quinze-Vingts. Nous allons
commencer par le commencement et finir par la fin. D'a-
bord par le jeu des muscades, et nous terminerons par le
tour du mouchoir. Voici trois gobelets : celui-ci s'appelle
passe, celui-là contre-passe, et le troisième l'invisible...

Un, deux, trois coups du petit bâton, La première muscade, la voici, je la mets dans cette main et l'avale... je
la retrouve au bout du nez de M. Paillasse. Je mets cette
même muscade sous le premier gobelet de droite, une autre sous le second, idem sous le troisième. Comment vous
y prendriez-vous, monsieur Paillasse, pour retirer ces trois
muscades de dessous ces trois gobelets.

PAILLASSE.

Ah! ça n'est pas difficile. Comme ça, mon maître.

Il les retire en levant les gobelets.

ROSSIGNOLET.

Comme cela, le tour ne serait pas bien difficile... mais
au moyen de la poudre de patagon qui fait courir les filles
après les grands garçons, comme les enfans après les gros
bonbons; nous allons les retirer plus adroitement. Partez,
muscades. Plus rien sous le premier gobelet; rien sous le
second, et encore moins sous le troisième... Une personne
de l'aimable compagnie aurait-elle, par hazard, un mouchoir de poche pour la continuation des tours?... (*à un
enfant.*)Toi, M. Mathieu Lensberg, prends une contremarque
à la porte, et va voir si j'y suis. Je mets le mouchoir dans
la gibecière, et je vous jure, foi d'escamoteur, que vous ne
le verrez pas sortir. Quant aux trois muscades, messieurs,
elles étaient aller retrouver leurs camarades dans le sac. Les
voici toutes les trois; et puisque monsieur Paillasse n'a pas
été assez adroit pour les retirer, il pourra, sans doute, les
remettre plus facilement.

PAILLASSE.

Oui, mon maître. (*Il veut les remettre en levant les gobelets*)

ROSSIGNOLET.

Fi! que c'est gauche! il s'agit de les remettre sans dé-
ranger les gobelets. Je les mets toutes trois dans cette main,
et les fais entrer à leurs places. Les voici.

LAMADOU, *bas à Rossignolet.*

Dis donc, ça va joliment.

ROSSIGNOLET, *de même.*

Oui, mais il y a encore les dents, et c'est l'plus dur à
arracher. (*Haut.*) Tout ça, Messieurs et Dames, ce n'est
que de la bagatelle. Il s'agit de prouver mon adresse, et
c'est ce que je vais faire. Y aurait-il quelqu'un dans la société

qui éprouvât ce mal si commun, connu vulgairement sous la dénomination de rage de dents? (*Montrant une énorme tenaille.*) Avec ce léger instrument, je le guéris radicalement... sans mal ni douleur.

(*Lamadou fait le tour et amène un paysan qui se plaint du mal de dents; il le fait asseoir sur une espèce d'escabeau. Rossignolet s'approche de lui, lui ouvre la bouche, l'examine et fait la grimace.*)

ROSSIGNOLET , *bas à l'Amadou.*

Diable! dis donc, l'Amadou, s'il crie trop fort, mets-toi à côté de lui, et sonne de la trompette.

(*Rossignolet met sa tenaille dans la bouche du paysan, et l'élève à un pied au dessus de l'escabeau. L'Amadou le tire par sa veste pour le faire rasseoir. Rossignolet faisant des contorsions très marquées.*)

ROSSIGNOLET.

Voyez, Messieurs, que je ne fais absolument aucun effort.

(*Le paysan jette un cri et retombe sur l'escabeau. L'Amadou dans le même instant, sonne de la trompette.*

ROSSIGNOLET, *montrant dans sa tenaille une dent d'une grosseur démesurée.*

Sans douleur. (*Au public.*) S'il y a encore quelqu'un qui veuille se faire opérer, vous connaissez mon adresse. Parlez, faites vous servir!

(*Le paysan se lève en montrant sa joue qui est très enflée.*)

LAMADOU , *bas à Rossignolet.*

Va toujours. La recette sera bonne.

ROSSIGNOLET, *de même.*

Bon! mais j'aperçois la mère Chicorée. Attention; v'là l'moment critique.

SCÈNE XV.

Les Mêmes, Mère CHICORÉE, FANCHONNETTE, LESCAROLLE, *toujours caché.*

MÈRE CHICORÉE, *apercevant l'enseigne.*

Qu'est-ce que je vois là? Muscade, Escamoteur! eh! mais c'est mon neveu!

ROSSIGNOLET , *l'embrassant.*

C'est ma tante ! (*A part à Lamadou.*) Comme ell donne dedans.

MÈRE CHICORÉE.

T''as donc voulu me surprendre, mon garçon ?

ROSSIGNOLET.

Comm' vous dites, ma tante. Je n'voulais pas m'présenter d'vant vous sans vous donner un p'tit échantillon de mon savoir faire. (*Montrant le paysan qui a la joue enflée.*) T'nez r'gardez-moi c'gaillard là ; eh ben ! v'là mon ouvrage.

LAMADOU , *bas à Rossignolet.*

Dis donc, il n'te démentira pas ; il n'peut plus parler.

ROSSIGNOLET, *de même.*

Je le sais ben.

MÈRE CHICORÉE.

A-t-il du talent !

LESCAROLLE , *s'approche de Fanchonnette sans être vu.*

Méfie-toi, Fanchonnette, ce n'est point là ton cousin. (*Ils se parlent bas.*)

ROSSIGNOLET, *montrant Fanchonnette.*

Et cette intéressante jeune personne, est sans doute ma céleste future ? mère Chicorée, c'est tout votre portrait ; vous vous r'ssemblez comme deux gouttes de lait.

MÈRE CHICORÉE.

Comme il est galant ! — Allons, Mademoiselle, répon-dez-donc... Quand vous resterez là comme une sotte !

FANCHONNETTE.

Eh ben ! puisqu'il a tant d'talent, il n'doit pas être en peine de trouver un' femme où il voudra.

ROSSIGNOLET.

Du talent !... ah !

AIR : *Faut l'oublier.*

Je vous le dis, bell' Fanchonnette,
Vous êtes plus habil' que moi,
Et vos attraits font, sur ma foi,
Plus d' miracles que ma baguette.
Si l'on m' cit' parmi les batt'leurs,
Comme bon faiseur de parades,
Vos charmes m' sont ben supérieurs,
Car j' n'escamote que des muscades,
Et vous escamotez les cœurs. (*bis.*)

LESCAROLLE , *bas à Fanchonnette.*

Prends garde à toi ; j'te dis qu'c'est un engeoleur.

ROSSIGNOLET.

Vous ne répondez pas ?... je vous entends fort bien. Ah ! ça, mère Chicorée, à quand la noce ?

MÈRE CHICORÉE.

A demain... et dès ce soir, tu toucheras la dot.

LESCAROLLE.

Un moment, mère Chicorée ! N'croyez point c'qu'il vous dit ; c'est un imposteur.

ROSSIGNOLET, *à part.*

D'où diable sort-il donc celui-là ?

MÈRE CHICORÉE.

Qu'est-c' qui t'a permis d'venir, toi ? J' t'avais défendu de r'paraître ici.

ROSSIGNOLET, *bas à Lamadou.*

Pourvu qu'il ne nous r'connaisse pas, lui.

LESCAROLLE.

Puisque j' v'nons nous dire que c' n'est point vot' neveu.

MÈRE CHICORÉE.

Comment ? comment pas neveu ?

ROSSIGNOLET.

Elle est forte, celle-là... dites donc, ma tante, je n'suis vot' neveu, à présent.

LESCAROLLE.

Attendez, attendez tous... v'là quequ'un qui va vous fair' voir si j' disons la vérité.

ROSSIGNOLET, *à part, regardant dans la coulisse.*

Allons, à l'autre maintenant ! je commence à croire que je n'en sortirai pas.

SCENE XVI.

Les Mêmes, MUSCADE.

MUSCADE.

AIR : *du Renégat.*

J' suis las d' courir depuis c' matin ;
V'là plus d' cinquant' rues que j'arpente,
Et sur c' t' place j' dois enfin
Trouver la demeur' de ma tante.
(*Apercevant Rossignolet.*)
Que vois-je ici ? quel est le fanfaron
Qui prend ainsi mon costume et mon nom.

Ensemble.

MUSCADE.

Que signifie cette aventure ?
Ah ! si le malin que voilà
Voulait s' moquer d' moi, je le jure,
Il m' paierait ben cher ce tour là.

L'AMADOU et ROSSIGNOLET, *à part.*

Ah ! diabl', la maudite aventure !
Ici, le malin que voilà,
Va nous rosser, la chose est sûre ;
Comment fair' pour nous tirer d'là ?

L'ESCAROLLE, *de même.*

Pour moi, quelle heureuse aventure,
J' suis bé sûr que l' malin qu' voilà,
Va fair' découvrir l'imposture ;
Et qu'à mon gré tout finira.

Mère CHICORÉE, FANCHONNETTE, CHOEUR.

Oh ! la singulière aventure !
Deux Muscad', que veut dir' cela ?
Voyons l'quel dit une imposture,
Et comment tout ça finira.

ROSSIGNOLET.

Voyons, voyons : expliquons-nous tranquillement (*à Muscade.*) Qui êtes-vous ?

MUSCADE.

Qui je suis ? Chrysostôme Mucade, dit Machoire, esca-moteur patenté.

ROSSIGNOLET.

Eh ! ben, c'est bon ! ne nous fâchons pas... Vous êtes Mâchoire ; je n' vous dis pas l' contraire.

MUSCADE.

Corbleu ! je le crois bien.

ROSSIGNOLET.

D'accord... Mais ce n'est pas une raison pour que je ne l' sois pas aussi, moi... que diable, il y a plus d'un âne à la foire, qui s'appelle...

MUSCADE.

Non, ventrebleu ! je suis le seul.

AIR : *Un Homme pour faire un tableau.*

Oui, je suis l' Muscade, j' vous dis,
Que dans tout le monde on renomme ;
Escamoteur de père en fils.

(*Montrat un papier.*)

Regardez, voilà mon diplôme.
Mais toi qui prends ma qualité,
Donne moi-z-en la preuve évidente,
Et malin, si t'es patenté,
Montre ta patente à ta tante.

ROSSIGNOLET.

Et si je n' veux pas , moi, au fait.... qu'est-ce qui peut m'y forcer ?... j'ai prouvé, tout à l'heure , assez clairement que j'étais dentiste.

LESCAROLLE.

Il ment comme un arracheur de dents.

MUSCADE.

Méchant opérateur de contrebande, avoue que tu n'es pas Muscade , ou je joue du bâton sur tes épaules.

AIR : *Quand j'étais garde marine.*

Quelle audac' ! quelle impudence !
Apprends, vilain paltoquet ,
Qu' j' vas punir ton arrogance
Et rabattre ton caquet.
ROSSIGNOLET.
Qui, toi ?

MUSCADE.

Oui, moi , je le jure ,
J' te prouv'rai ton imposture ,
J' suis connu dans la banlieue ;
Et c' n'est pas toi , gringalet ,
Qui pourra me fair' la queue,
Quoiqu' tu n' manqu's pas d' toupet.
(*Il lui arrache sa perruque et ses favoris.*)

TOUS.

Tiens ! Rossignolet !

Quoi ! c'est lui ! (*bis.*)
Maintenant
L'affaire
Est claire.
Quoi ! c'est lui ! (*bis.*)
Désormais plus de mystère ;
Tout s'explique, dieu merci,
Ce n'était qu'une folie ;
Il jouait la comédie ;
Le vrai Muscad' le voici. (*ter.*)

MÈRE CHICORÉE, *à Rossignolet.*

Comment, c'est encore toi , mauvais sujet ?

ROSSIGNOLET.

Oui , mère Chicorée , c'est encore moi... mais si l'sentiment fait tout excuser… excusez, car j'suis ben excusable.. et vous trop divine et trop intéressante laitière… daignerez-vous pardonner à un amant, qui ne s'était fait escamoteur que pour vous plaire !.. car, au fait, qu'est-c'que j'voulais escamoter dans c't'affaire-là ? Vot'main.

L'AMADOU , bas à Rossignolet.

Et la dot' ?

ROSSIGNOLET.

N'parlons pas d'ça.

MUSCADE.

Ah ! çà, ma tante, est-c'qu'il y aurait une inclination sur l'tapis ?

FANCHONNETTE.

Soyez tranquille, allez, mon cousin ; je n'l'aimons pas, mais j'en aimons un autre.

MUSCADE.

Comment ? et qui donc ?

FANCHONNETTE.

Eh ! ben, ce p'tit joufflu qui s'cache derrière moi. Approche donc, l'Escarólle.

MUSCADE.

Ah! ah! je te reconnais, malin Normand ; je devine maint'nant pourquoi tu m'as fait courir tout à l'heure.

L'ESCAROLLE.

Excusez, M. Muscade… j'l'avions fait exprès.

MUSCADE.

Allons, puisqu' c'est comm' ça, il faut, y r'noncer ; quant à toi, Rossignolet, comme z'à c'qui paraît, tu as fait preuve de talent, j't'offre une place dans ma troupe ; ainsi qu'à ton Paillasse.

ROSSIGNOLET.

Touchez-là, mon maitre ; ça va.

UN PAYSAN , à Rossignolet.

Dites donc, Monsieur, si ça vous était égal de me rendre mon mouchoir ?

ROSSIGNOLET , le lui rendant.

Eh! pardon, je l'avais oublié.

MÈRE CHICORÉE.

Allons, allons, l'Escarólle, je te donne Fanchonnette ; il faut qu' tout s'arrrange, et qu'chacun r'prenne son habit.

VAUDEVILLE.

AIR *du vaudeville du Passe Partout.*

De charlatans partout la foule abonde,
Et, chaque jour, on voit maint imposteur,
Qui, comme lui, pour abuser tout l' monde
Se couvre d'un masque trompeur.
Pour un instant la vérité succombe,
Et quelque temps le mensonge éblouit.
Mais, tôt ou tard, il faut que l' masque tombe,
   Et qu' chacun, (*bis.*) r'prenne son habit.

LESCAROLLE.

Quand, sur les quais, j' vas criant d' la salade,
Si j'somm's mal mis, c'est qu'en v'ant à Paris,
J'avons quitté mon costume d' parade ;
Dont j' nous servions les dimanch's au pays.
Mais quoi qu'il faill' qu' ma dépense ait des bornes,
Puisqu' j' me marie, j' vas r'porter, j' me suis dit,
Ma veste jaune et mon chapeau—z-à cornes :
   Faut qu' chacun, (*bis*) r'prenne son habit.

LAMADOU.

Vous tous, messieurs, oracles de la mode,
Qui vous piquez d' donner l' ton dans Paris ;
Ah ! croyez-moi, quittez votre méthode,
Et n' suivez plus que l' genre de vot' pays.
Laissez l's Anglais s'habiller à l'anglaise ;
Qu' les Russ's chez eux gard'nt leur goût, leur esprit ;
Mais qu' les Français se mett'nt à la française :
   Faut qu' chacun, (*bis*) r'prenne son habit.

ROSSIGNOLET.

A l'Opéra, l'on voit maint' demoiselle,
Aux yeux baissés, aux r'gards pleins de candeur,
Qui, sous le voil' d'un' vestal' sage et belle,
Fait, chaque soir, admirer sa pudeur ;
Vierge timid' tant qu'on la voit d' la salle,
La demoisell', sitôt qu' la pièce finit,
R'met son cach'mire, et cess' d'être vestale :
   Faut qu' chacun (*bis*) r'prenne son habit.

MUSCADE.

Heureux d' vivre dans la réforme,
Bien des soldats, à leur foyer rendus,
Pour la charrue ont quitté l'uniforme ;
Et sèm'nt les champs qu' leurs bras ont défendus ;
Mais si l'enn'mi du prince et de la France,
Voulait troubler l' repos dont chacun jouit,
Ils s'écriraient : Volons à sa défense :
   Faut qu' chacun (*bis*) r'prenne son habit.

FANCHONNETTE, *au Public*

Nos deux auteurs, ce soir, voulant vous plaire,
Et vous prouver leur zèl' toujours nouveau,
Vous ont offert ce tableau populaire ;
La vérité guida-t-ell' leur pinceau ?
Ils s'ront heureux, si, malgré leur faiblesse,
A leurs essais le spectateur sourit,
Et s'il nous dit : Demain, pour jouer la pièce,
   Faut qu' chacun (*bis.*) r'prenne son habit.

FIN.